LES TROIS BONBONS DE MONSIEUR MAGNANI

LES TROIS BONBONS
DE MONSIEUR MAGNANI

un roman écrit par Louis Émond

illustré par Stéphane Poulin

SOULIÈRES ÉDITEUR

case postale 36563 — 598, rue Victoria,
Saint-Lambert, Québec J4P 3S8

Soulières éditeur remercie le Conseil des Arts du Canada et la
SODEC de l'aide accordée à son programme de publication et
reconnaît l'aide financière du gouvernement du Canada par
l'entremise du Programme d'Aide au Développement de l'Industrie
de l'Édition (PADIÉ) pour ses activités d'édition.

LE CONSEIL DES ARTS
DU CANADA
DEPUIS 1957
THE CANADA COUNCIL
FOR THE ARTS
SINCE 1957

Patrimoine
canadien
Canadian
Heritage

Québec ::

Dépôt légal: 2000
Bibliothèque nationale du Canada
Bibliothèque nationale du Québec

Données de catalogage avant publication (Canada)

Émond, Louis

　Les trois bonbons de Monsieur Magnani
　(Collection Ma petite vache a mal aux pattes; 19)
　Pour les jeunes de 6 à 9 ans.

　ISBN 2-922225-19-4

　I. Poulin, Stéphane.　II. Titre.　III.　Collection.

PS8553.E674A92 2000　jC843'.54　C99-940526-8
PS9553.E674A92 2000
PZ23.B47Ar　1999

Conception graphique de la couverture:
Andréa Joseph
Annie Pencrec'h

Logo de la collection:
Caroline Merola

À mon amie Virginie,
elle qui aime tant les bonbons...

1

La maison de monsieur Magnani

Le clown, la danseuse et le loup-garou s'arrêtent devant la dernière maison de la rue des Chouettes. Ils admirent un instant les grosses citrouilles grimaçantes. Éclairées de l'intérieur par une bougie, elles bordent le chemin vers l'imposante demeure.

Des cris et des rires effrayants leur parviennent. Les amis lèvent la tête. Deux haut-parleurs sont accrochés au sommet d'un majestueux érable. Les branches forment un dôme obscur au-dessus de l'entrée.

Le trio hésite.

— Alors ? demande le clown. On y va ?

— Je ne sais pas, répond la danseuse. Ça devient humiliant. Chaque 31 octobre, le bonhomme Magnani nous répond toujours la même chose depuis quatre ans...

— *Pas cette année, mes amis*, dit le loup-garou imitant la voix grinçante du bonhomme Magnani. *Peut-être l'an prochain...?*

— Puis il nous ferme la porte au nez sans nous donner la plus petite friandise, conclut la danseuse.

— L'été dernier, Mylène l'a vu à l'épicerie, raconte le clown.

— Ah bon ? s'étonne le loup-garou. Et alors ?

— Elle a pris son courage à deux mains, elle s'est approchée de lui et lui a parlé.

Sifflement d'admiration.

— Elle lui a demandé : «Monsieur Magnani, pourquoi décorez-vous votre maison le soir de l'Halloween ? Vous n'offrez jamais le moindre bonbon

aux enfants qui sonnent à votre porte...»

Quatre yeux s'arrondissent. Quelle audace !

— Qu'est-ce qu'il a répondu, le vieux ? demande la danseuse.

— Il a souri en répondant qu'il ne donnait ses bonbons qu'aux enfants qui en avaient **réellement besoin**.

— C'est ridicule ! s'exclame le loup-garou. Personne n'a **besoin** de bonbons. On mange des bonbons... parce que c'est bon. C'est tout ! Voulez-vous savoir ce que je pense ? Je pense que Magnani ne donne rien à l'Halloween parce que c'est un grippe-sou, un vieux séraphin, un gratteux.

— Ça ne tient pas debout, réplique le clown. Si le bon-homme Magnani était gratteux, il ne décorerait pas sa maison. Il ferait comme nos voisins d'en face : le soir de l'Halloween, il souperait au restaurant.

D'une main poilue, le loup-garou se gratte le bout du mu-

seau. Ses ongles portent des traces de noir.

— Peut-être que ça l'amuse de gâcher l'Halloween à des dizaines d'enfants chaque année.

La danseuse et le clown lèvent les yeux au ciel. «Quelle imagination il a, celui-là !»

Mais le loup-garou poursuit.

— Il nous regarde approcher de sa maison. On a le cœur gonflé d'espoir. Il le sait. Il se frotte les mains. Puis il rit en nous voyant nous en retourner, cinq minutes plus tard, les mains vides, l'œil mouillé, le rêve brisé.

Le clown courbe le dos et mime la tristesse. La danseuse fait semblant de retenir une larme. Puis ils se mettent à jouer sur un violon imaginaire

une mélodie triste et silen-
cieuse.

— Assez plaisanté, s'impa-
tiente la danseuse. Qu'est-ce
qu'on fait ?

— Il faut se décider, ajoute le
clown. Si on tarde trop, on ris-
que de tomber sur la bande à
Gloutney. Et si on se fait pren-
dre par la bande à Gloutney, on
peut dire adieu à nos bonbons.

Les trois amis jettent un rapide regard autour d'eux. Ils
viennent d'entendre quelque
chose. Quelque chose qui ne
venait pas des haut-parleurs.

Un crépitement.

Instinctivement, le clown, la
danseuse et le loup-garou se
tassent l'un sur l'autre.

2

La terreur de l'Halloween

La bande à Gloutney. Des vilains. La seule véritable terreur de tous les Halloween.

Chaque 31 octobre, cette bande de voyous hante les rues mal éclairées, les parcs, les allées sombres. Et chaque premier novembre, l'école est secouée d'histoires horribles les concernant.

Gloutney et sa bande s'attaquent aux enfants.

D'abord, ils forcent ceux qu'ils attrapent à accomplir un numéro ridicule. Puis ils leur volent ce qu'ils ont récolté. Ensuite, ils barbouillent leurs victimes d'œufs, de farine ou de ketchup. Enfin, ils signent leur mauvais coup à la peinture en aérosol : les initiales GG ont taché de vert, d'orange ou de noir de nombreux costumes d'enfants.

Malheureusement, tout le monde ignore qui se cachent derrière Germain Gloutney et sa bande. Ils sont masqués et déguisés. Le véritable Germain Gloutney, un misérable voyou, a quitté la ville voilà six ans. Mais depuis, quelqu'un a pris son identité. Et il a poursuivi son oeuvre.

La bande à Gloutney...

S'agrippant l'un à l'autre, les trois amis examinent les alentours. «Curieux comme il suffit de parler d'un danger pour qu'il se montre», se dit le clown.

— Vous... vous entendez ? demande le loup-garou.

Oui, ils entendent. Mais qui produit ces bruits, ces crépitements? Ils semblent venir de partout autour d'eux.

Le clown regarde à ses pieds.

Il pousse un soupir de soulagement.

— Ce n'est que ça...

Les chandelles ! Le bruit provient des chandelles. Des gouttes s'échappent des chapeaux des citrouilles et tombent sur les flammes. C'est ce qui les fait grésiller si bruyamment.

Les trois personnages rient en remontant hardiment l'allée. Les hideuses citrouilles les suivent du regard. Au bout, un escalier les attend. Ils grimpent sur la pointe des pieds.

Au centre de la porte, un heurtoir massif – une tête de chèvre magnifiquement sculptée – les invite à frapper. Ce que s'empresse de faire le clown.

D'abord discrètement, puis de plus en plus fort.

3

Les trois bonbons

La porte grince en s'ouvrant sur une haute silhouette d'homme. Celui-ci fait un pas en avant et apparaît dans la lumière des potirons.

Monsieur Magnani.

Le vieil homme est maquillé de pâle. Mais les trois amis le reconnaissent facilement. Il porte un manteau de croque-mort gris et poussiéreux.

Il retire cérémonieusement son chapeau haut-de-forme pour saluer ses visiteurs.

— Bonsoir, murmure-t-il d'une voix sépulcrale. Que puis-je faire pour vous ?

— *Trick or treat* ! s'écrie le clown.

— Comme vous dites, rétorque monsieur Magnani.

— Mon père est irlandais, s'excuse-t-il.

— Avez-vous des bonbons pour nous cette année ? demande la danseuse avec un rien d'effronterie dans le ton.

Le bonhomme fixe l'amusant trio. Ses yeux trahissent l'étonnement. Il pousse un grognement. Impossible de savoir si c'est de satisfaction ou de contrariété. Il recule lentement vers l'intérieur de la maison.

D'un geste de l'index, il invite ses visiteurs à le suivre.

— Est-ce qu'on entre ? demande la danseuse.

— Ce ne serait pas très prudent, dit le loup-garou.

— Ce n'est pas prudent d'entrer chez des gens qu'on ne connaît pas du tout, rétorque le clown. Mais lui, on le connaît un peu, non ? Moi je dis : allons-y !

Sans attendre ses compagnons, le garçon pénètre dans la demeure. Du regard, la danseuse interroge le loup-garou qui lève les épaules et hausse les sourcils. Bien que peu rassurés, tous deux décident d'entrer à leur tour.

— Mais laissons la porte ouverte, suggère la danseuse.

La maison est vaste et somptueuse. Plancher, plafond et

murs sont en bois vernis. Du fond du grand vestibule, le vieil homme observe ses trois visiteurs.

— Vos costumes sont le reflet de vos âmes, dit monsieur Magnani de sa voix de fantôme. Ou plutôt, ils en sont le contraire. Comme le négatif d'une photographie. Comme l'image dans le miroir. Ils révèlent ce que vous n'êtes pas en même temps que vos rêves les plus secrets. Si je peux me permettre de vous le dire, vous avez enfin fait un choix parfait.

Il s'avance vers le clown.

— Je devine en vous quelqu'un qui aspire à faire rire. Toujours. Parce que faire rire c'est apporter la joie dans le coeur des autres. Faire rire, c'est remplir de musique et de lumière un moment qui serait resté vide et sombre. Faire rire, c'est donner et, bien entendu, recevoir de l'amour. Vous voulez qu'on vous aime. Alors ceci est pour vous... Arlequino !

Venu de nulle part, un bonbon multicolore apparaît dans la main de monsieur Magnani. Il le tend au clown.

— Un conseil, glisse le vieil homme à l'oreille du garçon. Ne le mange pas tout de suite. Garde-le en cas de besoin.

Il se tourne ensuite vers la danseuse.

— Quant à vous, jeune fille, vous aimez mieux les espadrilles à crampons que les chaussons de ballerine. À la robe de mousseline vous préférez le survêtement en coton ouaté. La seule musique sur laquelle vous bougez est celle des *Go ! Let's go !* et des *Shoot ! Shoot !* d'une foule en délire.

Mais au fond de vous, une danseuse rêve d'avoir de la grâce dans le mouvement. Une artiste souhaite de la délicatesse dans le geste. Je vois la petite ballerine qui désire cette légèreté dans le pas qui donne l'impression de voler. Vous rêvez d'être aérienne. Voilà donc pour vous... *Colombina* !

— Mais mon nom n'est pas...

Le bonhomme agite les doigts de sa main droite. Un bonbon de couleur or et argent se matérialise comme par enchantement. Il le remet à la danseuse, répète son avertissement puis s'avance vers le loup-garou. Celui-ci le fixe de

ses grands yeux cerclés de noir, des yeux de bête apeurée.

— La force et le courage vous manquent cruellement. Sur votre visage et sur votre corps courent les signes de l'abandon. Vous vous êtes abandonné à la peur. Vous lui avez cédé la victoire. C'est entendu. Pourtant, du fond de votre âme, monte un cri. Le cri de celui qui souhaite remporter la bataille au moins une fois. Une seule fois. Vous rêvez d'être sauvage. Voici enfin pour vous... Scaramosca !

Le vieillard tend un bonbon au loup-garou. Celui-là est marbré de rouge et de noir. Une fois de plus, il est apparu dans le creux de sa main.

— N'oubliez pas, murmure-t-il en les accompagnant à la

porte. Ne dégustez pas cette succulente friandise tout de suite. Attendez d'en avoir **vraiment** besoin. Bonsoir Arlequino, bonsoir Colombina, bonsoir Scaramosca ! Bonsoir, mes amis !

4

Déception... et réception !

Le clown, la danseuse et le loup-garou sont sur le perron, l'air dépité. Silencieux, ils descendent l'escalier. Le long du chemin, la danseuse retient l'envie qui la démange de faire un botté avec chaque citrouille qui les observe en ricanant.

— C'est trop généreux, dit l'un des garçons. Vraiment !

— Il s'est lancé dans la dépense, ajoute l'autre.

— On comprend qu'il n'en donne pas à tout le monde, conclut la jeune fille.

Leur rage est grande. Le trio cracherait le feu. Au lieu, il crache le fiel. L'ironie fait du bien.

Le clown, la danseuse et le loup-garou dirigent leurs pas vers un raccourci peu fréquenté qu'ils appellent le *Chemin des trois ruelles*. Ces trois ruelles forment une diagonale aboutissant à leur quartier. En l'empruntant, ils gagnent un bon quart d'heure de marche.

— UN BONBON ! UN SEUL BONBON ! s'écrie soudain le loup-garou.

— On ne s'attend jamais à frapper le gros lot, dit le clown. Vous savez, des surprises du genre : tablettes de chocolat belge, énorme sac de croustilles barbecue, grosse sucette à la cerise ou à la réglisse, kilo de caramels mous, d'arachides salées, et deux billets pour le cinéma, on ne voit ça que dans les films. Mais tout de même... IL FAUT PAS NIAISER LE MONDE !

— UN BONBON ! UN SEUL BONBON ! répète le loup-garou.

Le clown ouvre son sac. Il est plein comme jamais. La vision de toutes ces friandises le calme un peu.

— Heureusement qu'ils n'ont pas tous été chiches comme lui, dit-il. Regardez-moi cette récolte.

Les deux autres ouvrent leur sac pour admirer leur trésor.

Cela les remet immédiatement de bonne humeur.

— C'est la plus belle cueillette de toutes celles que j'ai faites, dit le loup-garou. Même le gros Jean-Philippe Séguin, le champion des champions, n'en aura pas ramassé autant que nous, j'en suis sûr.

Les deux autres approuvent.

— Dommage qu'elle se termine si mal, ajoute-t-il en sentant la rage remonter. UN BONBON ! UN SEUL BONBON !

— En tout cas, il a besoin d'être bon, prévient la danseuse. Sinon, je vais aller le coller, baveux et gluant, sur le nez de sa *scrrrrogntudjuuuu* de chèvre.

— Qu'est-ce qui a besoin d'être bon ? fait une voix dans leur dos.

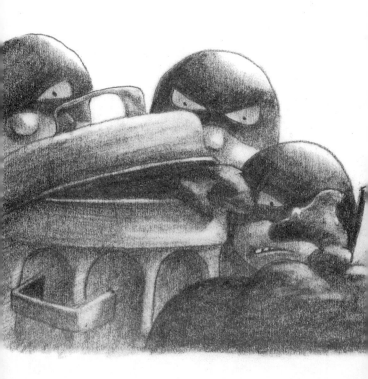

Les trois amis se retournent. Ce n'est pas vrai ! Pour une soirée qui se termine mal, c'est une soirée qui se termine mal. Tels des rats affamés, Germain Gloutney (ça ne peut être que lui !) et ses cinq comparses viennent de surgir de derrière un tas de boîtes vides et de sacs poubelles.

Sinistre comité de réception. Qui n'annonce rien de bon.

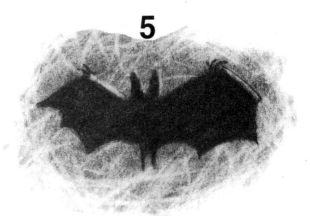

Vol de nuit

Le trio les considère un à un. Ils sont grands, gros et très méchants. Toute résistance serait inutile.

— Beau déguisement de macaque, Gloutney ! dit tout de même la danseuse, histoire de se montrer brave. Dis donc, est-ce que c'est toi qui donnes aux poubelles leur mauvaise odeur ?

L'un des gars fait mine de marcher sur la jeune fille, mais son chef le retient. Il lui murmure quelque chose à l'oreille et l'autre semble étonné.

— Quoi ? C'est une fille, ça ?

La remarque atteint la danseuse plus douloureusement qu'aucun coup. Elle baisse les yeux.

Le clown demande qu'on les laisse tranquillement aller leur chemin. Gloutney répond qu'il faut d'abord payer le droit de passage : un lot de bonbons qui correspond exactement à leur récolte de la soirée.

Le loup-garou se cramponne à sa taie d'oreiller remplie à craquer de friandises. Trois heures de travail qui vont lui être enlevées. Leur plus belle récolte ! C'est trop injuste.

Impuissant, il enrage en voyant les complices de Gloutney s'emparer du sac de la danseuse, de celui du clown et du sien.

— Merci de nous avoir gentiment offert TOUS vos bonbons, déclare Gloutney d'une voix suave. Votre geste me touche.

Est-ce pour avoir le dernier mot ? Ou peut-être est-ce pour obéir à un ordre venu de loin ? Le clown tire soudain de sa poche le ridicule petit bonbon de monsieur Magnani. Dans un geste de bravade, il le brandit devant le nez de la brute.

— Pas tous, dit-il.

Rapide comme l'éclair, il met la friandise dans sa bouche avant que l'autre n'ait le temps de réagir. Aussitôt, il s'extasie. Il se pâme en poussant des

mmmmm ! de satisfaction et son corps tout entier réagit à ce succulent bonbon.

— Vous ne savez pas ce que vous avez manqué ! crie-t-il.

La danseuse sort son propre bonbon de sa poche. Elle désire partager ce moment avec son ami. Peu importe si le plaisir est réel ou simulé. Frondeuse, elle tape un clin d'œil à Gloutney et sa bande. Puis elle

lance la friandise en l'air et l'attrape avec sa bouche.

Là encore, l'effet est instantané. La jeune fille entre immédiatement en transe. Chacun de ses membres est secoué de véritables spasmes... de bien-être ! C'est stupéfiant..

— En effet ! Quel délice ! s'écrie-t-elle à son tour.

— *Sonovogonne !* hurle Gloutney en se précipitant vers le loup-garou.

Mais celui-ci a compris ses intentions. Plus vif encore que le clown et la danseuse, il glisse le précieux bonbon dans sa bouche. Le plaisir qu'il lui procure est aussi grand que chez ses deux compagnons. Le loup-garou tournoie en fermant les yeux.

L'extase.

— C'est divin !

Tout à coup, à la surprise de Gloutney et de ses complices, le clown culbute d'une poubelle sur l'autre. Il s'enfonce ensuite tête première dans la dernière. Avec une surprenante agilité, il se relève aussi vite. Toujours coiffé de la poubelle, il tente, en chantant un air de tango, de jongler avec trois couvercles qui lui tombent dessus.

Le fracas est formidable.

Qu'à cela ne tienne !

Glissant les pieds dans les poignées de deux couvercles, il adopte une démarche à la Charlie Chaplin. Il se cogne partout, sur un poteau, sur un piquet de clôture, sur un amas de sacs verts. Il est si comique que Gloutney et sa bande se tordent bientôt de rire, le corps plié en deux.

— C'est la meilleure ! s'exclame Gloutney entre deux hoquets. Ils nous font leur petit numéro sans qu'on leur demande !

Au même moment, la danseuse leur apparaît. Comme jaillie des airs. Elle exécute des mouvements aussi gracieux les uns que les autres. Entrechats, arabesques, tantôt elle se

courbe, tantôt elle se cambre, toute en souplesse, en énergie.

Sa chorégraphie est tellement belle, tellement parfaite qu'on jurerait que son corps fait naître... de la musique.

Du fou rire, Gloutney et sa bande sont passés à l'émerveillement. Ce n'est plus une fille un peu grassette, mais une colombe, une elfe, une fée, qui tournoie sur une jambe puis sur l'autre. Et tous les garçons sont en admiration.

Mais se rappelant soudain du troisième membre du trio et de son déguisement, Gloutney tourne la tête dans sa direction.

Et bien entendu, lui et ses gars sont frappés d'horreur en voyant la chose qui se dresse devant eux.

6

Gloutney ne va pas y goûter !

Son visage grimace de colère. Poussant de longs hurlements et des grognements sauvages, le loup-garou avance droit sur le chef et sa bande de durs. Il bat l'air de ses bras. Il arrache à un premier larron le sac qu'il tient. Précis, les gestes du loup-garou sont également d'une force incroyable.

— Il n'a pas l'air de bonne humeur, dit l'un des voyous.

Et ses dents claquent.

— Pas du tout, répond un autre.

Et ses genoux cognent.

— Qu'est-ce qu'on fait, Jean-Philippe ? demande un troisième.

Et ses cheveux frisent.

Gloutney tourne la tête vers celui qui vient de parler. Ainsi donc, il s'appelle Jean-Philippe.

— Battez-vous ! ordonne Gloutney.

Mais le loup-garou pousse un nouveau hurlement en frappant du pied une caisse en bois. Celle-ci vole sur une hauteur de plusieurs mètres et vient se briser au milieu des garçons. Les complices de

Gloutney ne font ni une ni deux et s'enfuient en criant, le laissant seul derrière.

Le chef se tourne vers la bête velue. D'un geste rapide, elle lui arrache la précieuse bonbonne de peinture qu'il porte à la ceinture. Elle la brandit un instant devant son visage. Gloutney se cache les yeux. Il craint le pire.

Mais le loup-garou se contente d'écrabouiller la canette. D'une seule main.

— Attendez-moi !

Le vilain, le dur de dur, détale comme un lapin.

Le clown les regarde courir en applaudissant et en multipliant galipettes et cabrioles. La danseuse exécute une mort du cygne impeccable. Le loup-garou se met à hurler à la lune.

Puis le bonbon fond complètement.

Le clown s'immobilise.

La danseuse relève la tête.

Le loup-garou se tait.

Tout le monde se regarde, étonné. Puis la danseuse dit :

— C'était tout un bonbon.

— Est-ce que j'ai rêvé ? demande le loup-garou. Avez-vous entendu Germain Gloutney se faire appeler Jean-Philippe, vous autres ?

Le clown ne met pas de temps à comprendre.

— JEAN-PHILIPPE SÉGUIN ! s'écrie-t-il. Le champion des champions. J'ai toujours trouvé étrange que sa réserve de bonbons dure beaucoup plus longtemps que celle de tout le monde !

Tous les trois regardent la quantité de sacs de friandises à leurs pieds. Comme il y en a ! Dans leur précipitation, Gloutney et ses gars ont tout laissé derrière eux. Un formidable butin.

Les bras chargés, les trois amis prennent le chemin de la maison.

— Demain, à l'école, on va faire des heureux, dit le clown.

— Et si on nous demande d'où viennent tant de bonbons ? s'inquiète le loup-garou.

— On n'aura qu'à dire qu'ils viennent de chez monsieur Magnani, répond la danseuse.

«Et après tout, pensent-ils, c'est presque vrai.»

Louis Émond

Louis Émond est comme tout le monde : il ne se résume pas en un paragraphe. Cependant, les grandes lignes de sa vie s'écrivent d'abord avec des noms propres. Comme Chantal (sa compagne depuis plus de vingt ans), Jessica, David et Julia (ses enfants, aucun en âge de le faire grand-père). Il y a bien aussi quelques verbes comme enseigner (au primaire, depuis 20 ans), communiquer (journaliste à *La Presse des Six-Douze*, *Vidéoway* et maintenant, au magazine *Enfants Québec*). Il y a aussi des adjectifs comme créateur, patient, généreux, doué, talentueux, humble et génial (il est écrivain).

Ses premiers romans et recueils de nouvelles s'adressaient surtout aux adolescents. Puis, Louis s'est tourné vers les histoires pour les plus jeunes. Mais il garde dans sa tête – et dans un petit carnet (on est jamais trop prudent) – de très nombreux sujets et une multitude de personnages qui n'attendent que son année sabbatique pour enfin vivre… grâce au pouvoir de l'encre et du papier.

Stéphane Poulin

Gabriel Monette

Je viens tout juste d'avoir 38 ans... Mais quand je suis sur mon 36, j'en parais à peine 34, mais le lendemain, je fais facilement 42... En tout cas, il m'aura fallu attendre tout ce temps pour illustrer un troisième livre chez Soulières éditeur !

Trente-huit années de privations, d'apprentissage harassant, de jeûne et de prières (pour ceux qui l'ignorent, Soulières éditeur a une vie spirituelle).

Merci Soulières éditeur, merci Soulières éditeur... au fait, c'est pour quand le quatrième livre ?

MA PETITE VACHE A MAL AUX PATTES

12. Ce titre est retiré du catalogue.
13. *L'Arbre de Joie*, de Alain M. Bergeron, illustré par Dominique Jolin.
14. *Le retour de monsieur Bardin*, de Pierre Filion, illustré par Stéphane Poulin.
15. *Le sourire volé*, de Gilles Tibo, illustré par Jean Bernèche.
16. *Le démon du mardi*, écrit et illustré par Danielle Simard.
17. *Le petit maudit*, de Gilles Tibo, illustré par Hélène Desputeaux.
18. *La Rose et le Diable*, de Cécile Gagnon, illustré par Anne Villeneuve.
19. *Les trois bonbons de Monsieur Magnani*, de Louis Émond, illustré par Stéphane Poulin.
20. *Moi et l'autre,* de Roger Poupart, illustré par Marie-Claude Favreau.
21. *La clé magique,* de Gilles Tibo, illustré par Jean Bernèche.
22. *Un cochon sous les étoiles,* écrit et illustré par Jean Lacombe.
23. *Le chien de Pavel,* de Cécile Gagnon, illustré par Leanne Franson.

Achevé d'imprimer à Longueuil,
sur les presses de
AGMV-MARQUIS
en juillet 2001